AF326196

CATALOGUE

DE

BEAUX OBJETS D'ART

ANCIENNES PORCELAINES DE SAXE ET DE SÈVRES

Faïences italiennes et de Bernard de Palissy, Verres de Venise et d'Allemagne

Boites en or émaillé enrichies de diamants et en or ciselé

Miniatures anciennes, Jades, Argenterie, Bijoux

MARBRES IMPORTANTS

Pendule du temps de Louis XVI — Bronzes — Armes — Emaux — Ivoires

TRES BEAUX MEUBLES

ÉPOQUES ET STYLES

RENAISSANCE ET XVIIIe SIÈCLES

PIANO A QUEUE D'ÉRARD

Tableaux des Ecoles française, flamande et primitive

ÉTOFFES ANCIENNES — TAPISSERIES

Petit tapis de la Savonnerie

DONT LA VENTE AURA LIEU

HOTEL DROUOT, SALLE N° 1

Les Lundi 15, Mardi 16 et Mercredi 17 Avril 1901

A 2 HEURES 1/4

Me F. LAIR DUBREUIL	**M. ARTHUR BLOCHE**
COMMISSAIRE-PRISEUR	EXPERT
SUCCESSEUR DE Me DUCHESNE	PRÈS LA COUR D'APPEL
6 — Rue de Hanovre — 6	28 — Rue de Châteaudun — 28

EXPOSITION PUBLIQUE

Le Dimanche 14 Avril 1901, de 2 heures à 5 h. 1/2

CONDITIONS DE LA VENTE

La vente sera faite *expressément* au comptant.

Les acquéreurs payeront en sus des adjudications *dix pour cent*.

L'exposition mettant le public à même de se rendre compte de l'état des objets, il ne sera admis aucune réclamation une fois l'adjudication prononcée.

DÉSIGNATION

BOITES. MINIATURES. JADES

ARGENTERIE BIJOUX

1 — Belle boîte ovale en jaspe d'Orient, recouverte d'une riche monture en or repercé et repoussé, offrant au milieu de rocailles fleuronnées un médaillon à personnages. Style Louis XV.

2 — Très jolie boîte ovale en or émaillé en plein, fond rouge, dessus à bouquet de fleurs, enrichie d'une ravissante monture formant entourage tout en diamants anciens. Le tour et le dessous à dessin réservé sur fond d'émail bleu turquoise. Époque Louis XVI.

3 — Jolie petite boîte ovale ouvrant à charnière, en cristal de roche finement évidé, monture en or gravé avec griffes en rubis et roses.

4 — Jolie petite boîte ovale en cristal de roche finement évidé, monture en or gravé avec entourage de demi-perles Louis XVI.

5 — Boîte ovale en cuivre à or de couleur finement gravé, doublée d'écaille. Epoque Louis XVI.

6 — Bonbonnière en cuivre gravé et guilloché à bordure perlée, doublée d'écaille. Époque Louis XVI.

7 — Boîte en porcelaine de Menecy, formée par un groupe d'animaux, intérieur décoré de coqs, de poules et de fleurs, montée à charnière en argent doré. xviiie siècle.

8 — Bonbonnière en écaille piquée d'or, ornée sur le couvercle d'une miniature, portrait de femme en corsage rose, décolleté, bordé de fourrures, coiffure haute avec aigrette. Epoque Louis XVI.

9 — Bonbonnière en écaille blonde avec belle miniature, portrait de femme en robe violette décolletée, coiffure haute et poudrée, attribuée à Heinsius. Epoque Louis XVI.

10 — Bonbonnière en écaille et laque imitant le lapis avec miniature représentant une gracieuse composition champêtre, encadrée de petites perles, monture en or. Epoque Louis XVI.

11 — Grande et belle miniature peinte à la gouache, représentant le Pont-Neuf animé de carosses et de groupes de personnages en costumes Louis XV. Signée : L. Moreau, cadre en cuivre doré.

12 — Miniature ovale, portrait de l'Impératrice Joséphine en costume de cour, dans un écrin en galuchat.

13 — Nécessaire de dame en galuchat enrichi sur chaque face de mi-

niatures à sujets allégoriques avec encadrements en or, renfermant un couteau, un flacon, un étui et un miroir. Epoque Louis XVI.

14 — Tabatière en or, gravé et guilloché, décor à ornements. Epoque Ier Empire.

15 — Etui forme œuf en écaille piquée d'or, décor à branchages. Epoque XVIIIe siècle.

16 — Boîte rectangulaire en ancienne porcelaine de Saxe, décor à bouquets de fleurs, monture or. XVIIIe siècle.

17 — Miniature portrait de femme, peinture sur cuivre, école de Van Dyck, avec cadre en argent repoussé à cariatides. jetées de fleurs et mascarons. XVIe siècle.

18 — Beau collier avec croix en strass, monture en argent. Epoque Louis XVI.

19 — Email peint représentant une offrande à l'amour, cadre à nœud de ruban et guirlandes de lauriers. Louis XVI.

20 — Paire de grands pendants d'oreilles en chrisolites, monture or et argent. Epoque Louis XVI.

21 — Grappe de gros raisins avec feuillages en cristal de roche.

22 — Miniature ovale, portrait de femme en robe de mousseline blanche décolletée par E. CALLAULT (signée), cadre en cuivre doré. Ier Empire.

23 — Joli brûle-parfum avec couvercle en jade blanc finement évidé
et gravé, avec anses et pieds pris dans la masse. Travail ancien de
Chine.

24 — Jolie coupe lobée en jade blanc finement évidé avec anses à jour
pris dans la masse, représentant un groupe de poissons. Travail
ancien de Chine.

25 — Petit vase à panse et col allongé en jade blanc finement évidé,
décor gravé. Travail ancien de Chine.

26 — Belle agrafe de manteau ou de ceinture toute en strass, motif
à palmes et feuillages, monture joaillerie en argent. xviiie siècle.

27 — Grande boucle à double rang de strass, avec nœuds de ruban
en améthystes, monture argent Louis XVI.

28 — Boucle ovale en strass, dessin à fleurs et rubans croisés, monture
argent. Epoque Louis XVI.

29 — Bougeoir en argent repoussé, décoré de rocailles fleuronnées.
Epoque Louis XV.

30 — Gobelet Renaissance en argent repoussé et doré, décor à mascarons et guirlandes de fleurs sur fond à rinceaux.

31 — Baiser de paix ou plaquette en bronze ciselé, rehaussé de vestiges
de dorure, représentant l'ensevelissement. xvie siècle.

32 — Lampe à alcool en argent.

33 — Vase noix de coco, monté en argent.

34 — Lorgnon en argent doré. Epoque Ier Empire.

35 — Boîte à amadou en argent niellé.

36 — Médaillon filigrané en bas or,

37 — Petite statuette de vierge en vermeil.

38 — Eventail de guerrier japonais en fer.

39 — Ceinture en argent doré et émaillé, dessin ajouré de style Renaissance, ornée de perles fines.

40 — Miniature ronde, portrait de jeune femme parée d'un collier de corail, cadre en bronze.

41 — Porte-cigarettes forme sac en argent. Travail russe.

42 — Bonbonnière Louis XVI en écaille étoilée.

43 — Bonbonnière en écaille, couvercle orné d'une miniature, portrait de femme Louis XVI.

44 — Face à main, empire en argent doré.

45 — Deux salières en argent à petits personnages.

46 — Deux petits carafons en verre gravé, montures à têtes d'oiseaux en argent.

47 — Petit porte-bouquet en argent.

48 — Beurrier en cristal, monture en argent.

49 — Brosse en argent à petits personnages.

5o — Coupe-papier en ivoire, poignée en argent.

51 — Très petite cafetière Empire, en argent posant sur trois pieds.

52 — Groupe en ivoire, représentant un berger et une bergère près d'une fontaine.

53 — Deux petites gravures anglaises en couleur : Jeux d'enfants, cadres Empire.

54 — Deux jolies miniatures sur ivoire, représentant : l'Hiver et l'Été, cadres en bronze.

55 — Grande miniature sur ivoire sujet Louis XVI.

56 — Boîte ronde en argent gravé sur plateau en cristal taillé.

57 — Chope à bière en cristal, couvercle en argent surmonté d'un petit cheval.

58 — Croix en filigranne d'argent doré suspendue à sa chaîne.

59 — Chaîne et montre en argent avec grosses breloques.

60 — Deux flacons à odeur en cristal, bouchons en argent.

61 — Bourse en argent.

62 — Deux grands plats ronds en argent, bordure à filets.

63 — Paire de flambeaux en argent, style Louis XV.

64 — Deux carafons en cristal taillé garni d'argent.

65 — Deux carafes à vin en verre gravé garni d'argent.

66 — Ménagère en argent avec burettes, salières et moutardier en cristal taillé.

67 — Sonnette en argent, poignée forme branche de vigne.

68 — Coffret à biscuits en argent gravé sur plateau en cristal taillé.

69 — Deux beurriers sur plateaux en cristal taillé, couvercle garni d'argent.

70 — Deux médaillons en émail de Limoges, représentant : Louis XVI et Marie-Antoinette.

71 — Petit buste en ivoire formant cachet, représentant une Diane.

72 — Belle cafetière en argent repoussé et ciselé, décor à motifs d'ornements du temps de Louis XVI.

73 — Paire de beaux flambeaux en argent ciselé xviiie siècle.

74 — Petit chandelier en argent ciselé et gravé. Époque Louis XIV.

75 — Deux compotiers en métal argenté.

76 — Boucle de ceinture en vieil argent.

77 — Mandoline formant flacon en argent.

78 — Epingle de chapeau en or enrichie de diamants anciens.

79 — Broche-corbeille en marcassites, style Louis XVI.

80 — Broche en or enrichie de lapis, entourée de perles fines.

81 — Bracelet en or gourmette, enrichi de cinq perles fines.

82 — Broche-barette en or enrichie de trois grosses perles fines.

83 — Bague-jonc en or enrichie d'une opale et de deux brillants.

84 — Collier dit de chien composé de dix rangs de perles fines avec barettes en brillants, roses et turquoises.

85 — Paire de boutons d'oreilles ornés de deux perles fines entourées de brillants.

86 — Bague en or enrichie d'une belle émeraude et de roses.

87 — Paire de boutons d'oreilles montés en vis, ornés de deux brillants anciens.

88 — Bracelet en or enrichi de cinq saphirs, cabochons et brillants.

89 — Montre en or à remontoir pavée de diamants et de rubis.

90 — Epingle à chapeau en or enrichie d'une grosse perle fine et de diamants.

91 — Bague en or enrichie d'une perle fine et de deux brillants.

92 — Broche en or, forme feuille, enrichie de perles fines et de diamants.

93 — Epingle de cravate en or avec quatre brillants et perido.

94 — Bague en or enrichie de cinq rubis d'Orient, entre-deux en roses.

95 — Bague jonc en or enrichie d'un saphir cabochon.

96 — Epingle de cravate en or, ornée d'une perle fine.

97 — Bague en or enrichie d'une émeraude.

98 — Cafetière en argent.

99 — Pelle à asperges en **argent**.

100 — Soupière en argent.

101 — Coffret à bijoux en fer forgé.

102 — Ménagère en argent.

103 — Bague marquise en or avec marcassites. Style Louis XVI.

PORCELAINES, FAIENCES

104 — Groupe en ancienne porcelaine de Saxe, représentant le Char d'Apollon, traîné par deux chevaux galopant

105 — Deux groupes en ancienne porcelaine de Saxe : Berger avec chien et bergère avec moutons.

106 — Groupe en ancienne porcelaine de Saxe : Léda et le Cygne.

107 — Petit groupe en vieux Saxe : Enfant à la cage.

108 — Deux statuettes de Turcs en vieux Saxe.

109 — Statuette : Personnage tenant une pomme en vieux Saxe.

110 — Dix tasses et soucoupes en ancienne porcelaine de Saxe, décor
à fleurs, bordure à vannerie.

111 — Tasse et soucoupe en ancienne porcelaine, pâte tendre de Sèvres
à guirlandes de roses et bleuets.

112 — Grand bol en ancienne porcelaine, pâte tendre de Vincennes,
décor à bouquets de fleurs.

113 — Perdrix en ancienne porcelaine de Saxe, décor au naturel.

114 — Cache-Pot en vieux Saxe, décor à fleurs, anses à rocailles.

115 — Coupe de surtout soutenue par deux enfants en ancienne porcelaine de Saxe.

116 — Tasse et soucoupe à jetées de fleurs en ancienne porcelaine,
pâte tendre de Sèvres.

117 — Tasse droite et sa soucoupe en ancienne porcelaine tendre de
Sèvres, gros bleu à réserves d'oiseaux.

118-119 — Quatre beaux seaux à glace en ancienne porcelaine de Saxe,
décor très délicat à fleurs et guirlandes.

120 — Deux bouteilles en porcelaine de Chantilly, décor polychrome, montures en bronze doré. Style Louis XVI.

121 — Groupe en ancienne porcelaine de Saxe, représentant un enfant bêchant la terre au pied d'un rocher verdoyant couvert de grandes rocailles de fleurs et de fruits.

122 — Petit plat rond en ancienne faïence de Chaffaggiolo, décor à bustes de femmes et trophées sur fond bleu.

123 — Verre de Venise à ailerons à filets rosé et blanc, xvie siècle.

124 — Coupe en faïence de Bernard Palissy, décor à rosaces et mascarons.

125 — Groupe de sirène et mascarons en faïence de la suite de Palissy.

126 — Saucière en faïence de Bernard Palissy, avec figure allégorique de femme couchée, représentant une Source.

127 — Coupe ronde en ancienne faïence de Castelli, décor marine et paysage avec groupe de la Vierge et de l'enfant dans les nuages.

128 — Deux petits bustes en biscuit de Sèvres : Louis XVI et Marie-Antoinette.

129 — Pot en vieux Rouen, décor en bleu.

130 — Vase porte-bouquets en porcelaine de Saxe.

131 — Petit tête-à-tête en porcelaine pâte tendre de Sèvres, composé de :
Théière, pot à lait, sucrier et tasse avec soucoupe.

132 — Plaque en faïence persane.

133 — Deux carafes hollandaises en verre gravé à saillies.

134 — Deux carafes en verre de Venise à pans et dessins dorés.

135 — Deux candélabres à deux lumières en porcelaine blanche, représentant des enfants debout.

136 — Groupe en porcelaine blanche, représentant une scène mythologique.

137 — Deux groupes en faïence blanche : Danseurs sous des arbustes, sur socles à mascarons.

MARBRES

138 — Belle pendule en marbre blanc et bronze doré d'époque Louis XVI. Le cadran surmonté d'un aigle est placé entre deux pilastres en marbre noir a chapiteaux en bronze doré supportant des figures de lions. Le socle en marbre blanc contourné est orné de statuettes, de déesses et d'attributs guerriers et décoré d'une frise à rinceaux en bronze ciselé et doré. Cadran de PIOLAINE à Paris.

139 — Grande et belle statue, grandeur nature représentant la Vénus de Médicis en marbre blanc.

140 — Buste intéressant représentant une Patricienne en costume Moyen-âge très finement sculpté dans le style du xvi⁰ siècle.

141 — Autre buste de Patricienne en marbre dans le goût du précédent·

142 — Beau buste en marbre représentant César Auguste.

143 — Deux bas-reliefs sur marbre blanc, portraits d'Henri III et de la reine, cadres en bois sculpté et doré.

144 — Grand buste d'Apollon en marbre blanc.

145 — Grand buste de Diar? chasseresse en marbre blanc, pendant du précédent.

146 — Petite statuette d'enfant couché et endormi en marbre. xviii⁰ siècle.

147 — Beau buste en marbre représentant Cosmo de Médicis.

148 — Buste d'homme Louis XV, en marbre blanc.

149 — Statuette en marbre. Rêverie.

150 — Statuette en marbre, la Coquette. Signée : RIBLET.

151 — Buste de femme Louis XV en marbre blanc.

BRONZES

152 — Paire de jolis candélabres à figures de femmes drapées en bronze portant des bouquets de lumière en argent. Epoque Ier Empire.

153 — Deux précieuses statuettes d'enfants, bronze Florentin XVIe siècle.

154 — Jardinière en bronze doré et métal argenté, portée par des statuettes d'hommes finement ciselées. Epoque Ier Empire.

155 — Paire de petits flambeaux en bronze doré. Ier Empire.

156 — Joli vase forme casque, en cristal finement gravé. Même époque.

157 — Pendule en bronze doré à figure d'amour, couronnes et corbeille fleurie. Même époque.

158 — Petit groupe des chevaux de Marly en bronze.

159 — Lampe d'autel en cuivre gravé.

160 — Paire de jolis candélabres à figures d'amours portant des bouquets de lumières, socles en marbre.

161 — Deux grands chenêts Louis XV, représentant Vénus et Vulcain assis sur des ornements à rocailles.

162 — Paire de vases de forme ovoïde à feuillages, rinceaux et perlés en bronze doré. Style Louis XVI.

163 — Groupe en bronze : Enfant jouant avec une chèvre, d'après CLODION.

164 — Paire de vases Empire à cariatides de femmes, socles en marbre Porthor.

165 — Deux statuettes en bronze : Hébé et Bacchante.

166 — Paire de bras d'appliques Louis XVI, à deux lumières, en bronze.

167 — Statuette en bronze : Première Pensée, de DEBUT.

168 — Paire de candélabres Empire à figures de femmes.

169 — Pendule et deux candélabres en bronze.

170 — Deux lampes en bronze doré.

171 — Deux coupes en bronze doré, groupes d'enfants.

ARMES

172 — Epée italienne du xviiᵉ siècle, garde à quillons terminée en tête de guerrier dorée.

173 — Couteau de trousse de chasse du xviᵉ siècle, lame gravée et dorée, manche ivoire sculpté.

174 — Epée corbeille à gaudrons. xviiᵉ siècle.

175 — Casque bourguignotte italienne. xviiᵉ siècle.

176 — Armure persane en fer gravé et damasquiné, composée d'un casque, d'un bouclier et d'un brassard.

177 — Fusil ancien d'Orient, orné d'appliques.

178 — Sabre de mandarin du Tonkin. poignée en ivoire, fourreau orné d'appliques et d'incrustations de nacre.

179 — Arquebuse du xviᵉ siècle, ornée d'incrustations d'ivoire.

1890-181 — Deux poignards japonais.

182 — Sabre de janissaire, poignée en fer. xviᵉ siècle.

183 — Sabre à lame courbe avec inscriptions indiquant qu'il a appartenu au général Lafayette, fourreau en cuir, garniture en cuivre ciselé et doré.

184 — Très belle épée de cour à lame longue et fine, partie bleuie, dorée et gravée, avec poignée en acier perlé, fourreau en galuchat, monture des plus délicate.

185 — Arc du Tonkin.

186 — Deux fleurets.

MEUBLES

187 — Grand et très beau meuble, forme commode, en bois d'acajou richement orné de bronzes ciselés et dorés, offrant sur le devant, dans un cintre à forte moulure, un médaillon à sujet allégorique suspendu par une draperie à un mascaron au milieu d'élégants rinceaux feuillagés. Aux écoinçons se dessinent les mêmes motifs, au bandeau des arabesques, montants à colonnes cannelées surmontées de feuillages, côtés cintrés aussi richement ornés que le devant, dessus en marbre à doucines, suivant les contours du meuble. Reproduction de la commode du Mobilier national exécutée sous Louis XVI par Beneman.

188 — Guéridon rond à quatre pieds bleuis, richement ornés, monté de bronzes dorés, dessus en marbre brocatelle. Style Louis XVI.

189 — Petite table rognon formant bureau de dame en marqueterie de bois de violette, garnie de bronzes dorés. Style Louis XV.

190 — Grand et beau meuble à deux corps en bois de noyer sculpté, d'aspect architectural, ouvrant à quatre portes ornées de sujets allégoriques en bas-reliefs couronnés par un fronton. XVIᵉ siècle.

191 — Grande et belle armoire en bois finement sculpté, offrant d'élégants motifs d'ornements, travail français. Epoque Louis XIV.

192 — Joli ameublement de salon composé d'un canapé et huit tabourets en bois d'acajou sculpté à têtes de cygnes rehaussés d'or. Epoque Iᵉʳ Empire.

193 — Grand piano à queue, en palissandre orné de filets de cuivre, d'ERARD.

194 — Grand et beau lutrin en bois sculpté et doré Louis XV, à grands ornements et rocailles.

195 — Belle et grande vitrine de forme élégante et cintrée, en bois de palissandre avec peintures genre vernis Martin inspirées de WATTEAU, garnie de bronzes dorés, motifs à rocailles, intérieur gaîné de peluche verte.

196 — Beau bahut de forme bombée en bois de palissandre garni de bronzes dorés, avec panneau peinture genre vernis Martin représentant une fête sur une place publique, composition de nombreuses figures, dessus en marbre. Style Louis XV.

197 — Gaîne à quatre faces en cuivre, offrant des têtes de chérubins au milieu d'ornements feuillagés.

198 — Commode en bois de luxe garnie de bronzes, époque Louis XV, dessus en marbre.

199 — Deux petits meubles forme commodes en bois de luxe, garnis de bronzes. Époque Louis XV.

200 — Très grande et belle chaise longue en bois sculpté, forme rare, couverte en soierie ancienne. xviiie siècle.

201 — Vitrine en acajou et filet de cuivre. Louis XVI.

202 — Petite table-bouillotte Louis XVI en acajou et filets de cuivre, dessus en marbre blanc.

203 — Petit guéridon rond en bois sculpté et doré, dessus en marbre. Style Louis XVI.

204 — Petit bureau plat en bois de rose et palissandre garni de bronzes. Style Louis XV

205 — Table en marqueterie de bois Louis XV, dessins à losanges.

206 — Tollette Louis XV en bois rose fileté.

207 — Petite bibliothèque-étagère en acajou.

208 — Secrétaire en acajou Ier Empire. Signé JACOB.

209 — Toilette en acajou Ier Empire. Signée JACOB.

210 — Grand encadrement breton en bois sculpté à motifs d'orne-ments à fronton.

211 — Petit cabinet italien, tiroirs ornés de plaques en fer damasquiné XVIᵉ siècle.

212 — Mobilier de salon style Louis XVI, en bois sculpté et doré, dessin à rubans enroulés, couvert en satin broché fond rose, composé d'un canapé, deux fauteuils et deux chaises.

TABLEAUX

GILLOT

213 — *La Comédie italienne.*

Œuvre spirituelle.

HONDE KOETER (Attribué à)

214 — *Faisan, papillons et fleurs.*

LANCRET (Attribué à)

215 — *La Partie de musique.*

Belle composition de cinq personnages, l'un jouant de la flûte au pied d'un arbre près d'une jeune femme, l'autre debout pinçant de la guitare et les autres en contemplation devant le plus riant paysage.

RUBENS (d'après)

216 — *Les Conspirateurs.*

RUBENS (École de)

217 — *Pyrus épousant Andromaque devant le cenotaf d'Hector.*

STEGMULLER

218 — *Marine.*

Gouache.

TENIERS (Ecole de)

219 — *La Chercheuse de poux.*

TOCQUÉ (Attribué à)

220 — *Portrait de gentilhomme du temps de Louis XV en habit rouge brodé, tenant ses gants à la main.*

VAN DYCK

221 — *Très beau portrait de Dame noble avec son enfant.*

WOUVERMANS (Pierre)

222 — *La Halte devant l'auberge.*

Composition de nombreux personnages et de cavaliers.

ÉCOLE PRIMITIVE

223 — *Un Apôtre assis dans une cathédrale, revêtu d'une riche chape en broderie d'or, tenant un rameau de paix d'une main, la sainte Bible de l'autre.*

Peinture des plus intéressantes, à fond d'or, sur panneau.

ÉCOLE FLAMANDE

224 — *Réunion de Gentilshommes et de Grandes Dames dans un parc assistes d'amours.*

ÉCOLE FRANÇAISE DU XVIIIᵉ SIÈCLE

225 — *Très beau portrait de Grande Dame en élégant costume de l'époque.*

ÉCOLE FRANÇAISE DU XVIIIᵉ SIÈCLE

226 — *Portrait de Grande Dame en riche costume de soie orange garnie de dentelles, tenant son éventail à la main.*

ÉCOLE FRANÇAISE DU XVIIIᵉ SIÈCLE

227 — *Portrait de Grande Dame en costume de cour Louis XV.*

Très beau pastel.

ÉCOLE FRANÇAISE DU XVIIIᵉ SIÈCLE

228 — *Vase de fleurs et fleurs.*

Deux très beaux dessus de portes.

ÉCOLE ITALIENNE DU XVIIIᵉ SIÈCLE

229 — *La Transfiguration et le Calvaire.*
230-231 — *Scènes de la Passion.*

Trois grands panneaux.

ÉCOLE DU XVᵉ SIÈCLE

232 — *Martyre et mise au tombeau d'un Saint.*

Panneau cadre à clochetons.

ÉCOLE DU XVIIᵉ SIÈCLE

233 — *Portrait de béguine tenant une guirlande de fleurs.*

ÉCOLE DU XVIIIᵉ SIÈCLE

234 — *Portrait de Gentilhomme du temps de Louis XVI.*

ALLONGÉ

235 — *Paysage*.

> Grand fusain.

236 — Trois pièces en couleurs : *Scènes de courses*.

> Cadres style Empire.

237 — Deux gravures en couleur : *La Noce du village* et *La Fête au château*.

> Cadres en bois sculpté.

238 — Carton de dessins.

239 — Trois affiches et une grande photographie encadrées.

TAPISSERIES, ÉTOFFES

240 — Tapisserie du temps de Louis XIV, représentant, dans une composition architecturale à colonnades fleuries, assis sur un socle de marbre un personnage sonnant du cor et caressant son chien, de chaque côté se dessinent des sphinx au milieu d'ornements inspirés de Bérain. Bordure fond blanc à rinceaux, singes courant ou assis, oiseaux, guirlandes et différents ornements.

241 — Deux jolies garnitures, dossier et dessus de sièges en fine tapisserie d'Aubusson du temps de Louis XVI, offrant des médaillons à petits personnages et animaux, suspendus par des nœuds de rubans dans des encadrements à fleurs et à ornements.

242 — Panneau en soierie crème rayée et brochée à branchages fleuris entrelacés. Epoque Louis XVI.

243 — Grand panneau de soierie rose brochée à fleurs blanc argent. xviiie siècle.

244 — Deux petits panneaux en soierie claire brochée à bouquets de fleurs et à feston, cannetillés. Epoque Louis XV.

245 — Couvre-lit en damas de soie rouge. Epoque Louis XIV

246 — Beau couvre-pied en soie crème, brochée de grandes gerbes fleuries. Epoque Louis XV.

247 — Deux longs panneaux en soie rayée et satin clair brochée fleurs et palmiers. Epoque Louis XVI.

248 — Couvre-pied en soie noire et bleue brochée à bouquets de fleurs et à festons cannetillés. Epoque Louis XVI.

249 — Pente en toile de Jouy, représentant en camaïeu rose de gracieuses compositions champêtres et allégoriques. Epoque Louis XVI,

250 — Petite pièce en satin crème, brodé d'emblèmes allégoriques, égalitaire, époque de la Révolution.

251 — Portière double de Karamani, dessin polychrome.

252 — Petit tapis carré de la savonnerie, représentant un trophée guerrier sur fond rouge, avec bordure. Epoque Ier Empire.

253 — Panneau de brocatelle de soie bleue claire à dessin jaune.

254 — Broderie de soie représentant l'adoration de l'Enfant Jésus, sur fond de damas de soie rouge, travail ancien.

255 — Couvre-pieds en soie bleue richement brodée d'animaux chimériques, de poissons, autres motifs en soie de couleur.

256 — Beau panneau de soie bleue turquoise, brochée à bouquets de fleurs et festons blancs au cannetillé. Époque Louis XV.

257 — Panneau en satin vert pâle, broché à gerbes de fleurs et à festons. Époque Louis XVI.

258 — Beau bandeau en velours rouge avec riche broderie de soie, d'or d'argent, dessin à rinceaux fleuris et ornements. Louis XIV. Bordé de franges.

259 — Riche couvre-pieds tout en broderie à rosace et branchages fleuris, doublé de brocatelle rouge.

260 — Deux belles bandes en velours noir brodé à rinceaux et vases fleuris, de la Renaissance.

261 — Petit tapis broché à fleurs sur fond doré.

262 — Coupe d'étoffe bleue claire rayée de Brousse.

263 — Rideau en étoffe rouge.

265 — **Dessus** de piano en soie brodée.

266 — Dessus de lit en guipure.

267 — Objets omis.

Paris. — Imprimerie Ménard et Chaufour, 8-10, rue Milton.